JN080224

こらしめじぞう 2

ふらちなにおいかぎつけます

村上しいこ
軽部武宏 絵

静山社

装丁　アルビレオ

もくじ

第一話　妖怪うらうら

心の中で舌を出す

「西尾千里さん」

「はいっ！」

先生によばれて、わたしはいきおいよく、教室の前に進み出た。

算数のテストが、返ってきたのだ。

「よくがんばりましたね。百点満点は、五年三組であなただけよ」

風見先生が、にっこりほほえむ。

席にもどって、心の中で、「よっし！」と、ガッツポーズ。これで、ママとのこうしょうも、しやすくなった。

先生が、「はい。百点満点の千里さんに、はくしゅ」と言ったけど、パラパラとしか聞こえなかった。

まあ、しっとってやつかな。

どうでもいいやって、思ってたのに、可南子がすっくと立って、意見する。

「先生。それって、おかしいと思います。点数がいいからはくしゅって、差別的だと思います。がんばっているのは、みんな同じです。このこと、親に話していいですか？」

こわっ！

みんな、可南子には一目おいてる。

というか、どうでもいいことも、可南子がからむと、トラブルに格上げされてしまうから、あえてさからわない。

今日の場合、きっかけはわたしだと、言えなくもない。

でも、文句があるなら、わたしみたいに百点をとればいいんだよ。

まあ、むりでしょうけど。

わたしはうつむいたまま、心の中でべーっと舌を出した。

「可南子さんの言う通りね。ごめんなさいね。じゃあ、がんばったみんなに、はくしゅ」

先生が言うと、しかたなさそうに、だらだらと、まのびしたはくしゅがおきた。可南子は口のはしをあげ、勝ちほこったような笑みを見せた。

ほんと、ウザイ。勉強できないやつは、だまってろって、言いたいけど言わない。

わたしは、優等生だから。

ママに話を切り出すのは、晩ごはんのあとだ。

だれだって、おなかがみたされているときのほうが、きげんがいいに決まってる。

それプラス、あとかたづけも手伝った。

よいこらしょって、ママがリビングのソファーに、すわるしゅんかんをねらう。

「ねえ、ママ。今日ね、算数のテストが返ってきたの。百点だよ！」

「そう……よかったね」

リモコンを取ろうとするママの手をつかむ。

「わたし、がんばってると、思わない？」

「勉強が、千里の仕事でしょ」

「でも、三回続けて、百点だよ」

「ジャイアンツだって、三連勝したあと、五連敗とかするけど」
「約束したじゃん。がんばっていい点とったら、スマホを買ってくれるって」
「まだ、五年生になったばかりじゃない」
「友だちみんな、持ってるよ」
「千里はまだスマホがなくても、こまらないでしょ。それともなにか、こまったことがあった？」

ママは、つぶやきながらリモコンを取ると電源を入れた。

テレビ画面では、ジャイアンツが一対五で負けていたから、ますますママは、聞く耳持たない感じになった。

その夜、湯船につかりながら考えた。

どうやってママを、説得しようか。

ママは、スマホなんて、中学生になってからでも、おそくはないって、ぜったいに主張を変えない。

そうすると、あと二年近くもがまんしなきゃいけない。

そんなの、たえられない。

どうすればいい？

スマホを持っていなくて、こまることって、なんだろう？

そうだ。こんなのは、どうかな。

スマホを持っていないせいで、わたしがみんなから、いじめられてるっていうのは。

そうしたら、さすがのママだって気が変わるはず。

なら、なにをどうすればいいのか？

ネットいじめとか、スマホいじめとか、言葉は聞くけど、具体的に、されたことないし、もちろん、したこともない。

そうだ。明日、有沙に相談してみよう。有沙はもう、スマホをガンガン使いこなしているから、親身になって聞いてくれるだろう。

集団登校の集合場所に、今日も有沙は、ねむそうにあくびをしながらやってきた。きっと、夜おそくまでスマホをさわってたんだ。

「おはよう、有沙」

「おは……ふぁーあ、よう」

「ねえ。スマホを買ってもらうこうしょう、また失敗しちゃった」

話しかけると、有沙はいっしゅん、ぽかんとした。

「三回連続百点だったのに。スマホは、だめだって」

「ああ、それね。きびしい親だね。千里んちは」

「ママの頭の中で、スマホは中学生になってからっていうのは、百年前から立ってるおじぞうさんと同じくらい、動かせないみたい」

「じゃあ、あきらめるしかないか」

「そんなの、いやだ」

「いやだって言っても、しかたないよ」

「だからわたし、考えたの」

「うん？　なにを」

有沙の目が、細くなった。

あのねと言いかけたとき、「行くよー。ちゃんとならんでー」と、はんちょうさんの声がひびいた。

歩きだすと、かきねのむこうに、チラホラ、うす紫色の、あじさいが見えた。

「それで、なにを考えたの？」

有沙が、声をひそめて言う。

「わたしが、スマホを持っていないせいで、仲間はずれにされてるってことにするの」

「えっ、いじめってこと？」

「まあ、そのへんは、また考えることにして。でもママだって、わたしがそういう目にあってるって知ったら、スマホを買ってくれると思うんだよね」

「ああ、それはそうかもね」

有沙が共感してくれてほっとした。

あとは作戦を立てなきゃ。


つぎの休みの日、有沙がわたしの家にきた。

オレンジジュースで、のどをうるおし、さっそく、作戦を打ち明けた。

「ねえ、有沙。この前の話だけど」

「この前って、なんだっけ？」

「ほら、わたしが、スマホを持っていないせいで、のけものにされてるって話を、でっちあげるって」

とたんに有沙が、しせんをそらす。

「……あぁ、あれ。ほんとうに、やっちゃうんだ」

有沙の声が小さい。弱気になってる。

「どうしたの？　この前は、二つ返事で、オッケーしてくれたのに」

「まあ……そうだけど。いじめをでっちあげるっていうのが、そもそも、スマホのマナーに、違反するからね」

「べつに、みんなに広めなきゃいいよ。ほら、だれかとだれかが、ラインでそれっぽい相談をしていたけいせきを、ママに見せるの」

「どんな相談？」

「だから、千里はスマホを持っていないから、あの子をさそうのは、やめておこう、みたいな。それならあんまり、害はないでしょ」

「でもそうするには、相手が必要だけど」

「莉々華なら、やってくれるかも」

わたしは、あらかじめ考えておいた名前を出した。

「やってくれるかな？」

「だいじょうぶ。だってあの子は、踊っていればそれでしあわせ。なんにも考えてないもん」

「千里って心の中では、わたしのことも、そんなふうにバカにしてない？」

「そんなことないよ。莉々華限定」

「それも、どうなんだろう……ねえ、千里(ちさと)」

くもった声で、有沙(ありさ)が言う。

「やっぱり、やめたほうがいいんじゃない。そんなことしたら、きっとばちがあたるよ。わたし、こわいよ」

「へえ、どんなばち？」

「だから、大事なときに、おかしなことがおきるとか」

「ないない。だれにもめいわくは、かけないんだから」

ここで有沙(ありさ)を、弱気にさせちゃだめだ。

「とにかく、莉々華(りりか)をよぼうよ。莉々華(りりか)だって〝いいね〟って賛成(さんせい)するから」

背中(せなか)をおすように言うと、有沙(ありさ)はしぶしぶ、スマホから、莉々華(りりか)に電話をかけてくれた。

もちろん莉々華(りりか)も、自分のスマホを持(も)っている。

こういうとき、便利だと思う。この場にいながら、すぐさま連絡ができる。電話の内容を、親にぬすみ聞きされることもない。

莉々華は話を聞くと、たいくつしてた子猫みたいに、すぐにやってきた。

「ねえねえ、これって、フェイクニュースを作るみたいなもんだよね。ドキドキするね」

目をらんらんとかがやかせた。

「でしょ、でしょ！」

思ったとおり、莉々華はノリがいい。

「フェイクニュースって、よくないんだよ」

有沙が、また後ろむきになる。

「これは、フェイクニュースじゃないよ。だって、だれにも流さないんだから。そんなにしんこくに、考えなくていいから。さっさとやっちゃおう。はい、これ」
わたしは二人の前に、メモ用紙をおいた。
有沙と莉々華に、ラインでやりとりしてもらうことを想定して、文章を作った。

（ありさ）千里もさそう？
（りりか）めんどくさいよね。もうはずしちゃおうよ。
（ありさ）でも、ちょっと、かわいそう。
（りりか）だって、あいつ、スマホ持ってないから、連絡がめんどう。
（ありさ）そうだけど。
（りりか）スマホ持ってないやつとは、もうあそべないね。
（ありさ）そうだね。

（りりか）人として、終わってる。


「ちょっと、これはひどいって！」

莉々華が、目の色を変えて、にらみつけてきた。

「これじゃ、わたしがいじめの、張本人みたいじゃない。ぜったいに、いやだ」

やっぱり、気づかれちゃったか。

莉々華なら、ばれないと思ったけど。

「わかった。じゃあ、こうしよう」

「どうするの？」

「だれかから、言われたってことにする」

「どういうこと？」

「それはね……こっち……」
こんなこともあろうかと、わたしはもうひとつの案を作っておいた。

(りりか)　わたし、こまってんのよね。
(ありさ)　どうしたの？
(りりか)　かなこから、もうちさとをさそわないでって、言われた。
(ありさ)　なんで？
(りりか)　ちさとは、スマホ持ってないから、めんどうだって。
(ありさ)　かなこが言うなら、しかたないね。
(りりか)　さからえないもんね。

「これならいいでしょ」

わたしは、自信たっぷりだったけど、有沙はまだ、不満があるみたい。

「かなこって、可南子だよね」

「そうだよ」

「実名だすのって、まずくない？」

「そっかなぁ。でもじっさい、性格悪いし」

わたしが答えると、

「そうそう、可南子ならだいじょうぶだよ」

なにがだいじょうぶなのか、わかんないけど、莉々華が力強く言う。

「気にしすぎだって有沙。べつに、『ちさとをいじめよう』とか、言ってるわけじゃないし」

「うーん」

有沙は、ふし目がちになるけど、「わたしのために、お願い」って、おがみたおすと、しぶしぶ引き受けてくれた。

さっそく二人に、ラインのやりとりをしてもらう。

さすがに今から、ママにうったえるのも白々しいから、二、三週間おこうということになった。

夕方になって、有沙と莉々華を、帰り道のとちゅうまで送った。

もっとしゃべっていたかったけど、有沙は習字、莉々華はダンスの習いごとがある。

そして、家に帰ろうとしたときだ。たこ焼き屋さんと、郵便局のあいだに、細い路地を見つけた。

「あれっ、こんな道、あったっけ？」

空は晴れているのに、なぜかそこだけ、灰色のもやにおおわれていた。

なんか、不気味だ。

なのに、わたしは、すいこまれるように、その路地へと入ってしまった。

あたりはうす暗く、おくに、おじぞうさんのすがたが見えた。

夕焼けかと思うほど、だんだんと、あたりが赤くてらされていった。

「なんか、気になる」

そう思うと、おじぞうさんに近づかずにはいられなかった。

おじぞうさんの、すぐ前に立つと、おだやかな顔が、やさしくほほえんでいた。

赤い前かけが、かわいらしい。背は、百二十センチくらいだろうか。

そうして、気になったのが、おじぞうさんの足もとだ。

おきものの、ちっちゃなタヌキたちが、おじぞうさんを守るように、取りかこんでいた。

赤、青、黄、紫と、色とりどりの前かけをしていた。

よく見ると、顔つきも一体ずつちがう。

ぼんやりしたのやら、キリッとしたのやら、いじわるっぽいのもいる。

そしてそのとなりに、木の立て札が立っていた。なにか書いてある。


『こらしめじぞう』

このじぞうは、世の中のふらちな人間を、こらしめるために、作られたじぞうなり。手を合わせ、心の中で、こらしめたいと願う相手の名をとなえれば、あなたのかわりにこらしめてくれる。


へえー、こらしめてくれるんだ。

でも、ふらちな人間って、どんな人間かな。こんなとき、スマホがあれば、すぐに検索できちゃうのに。

ああ、やっぱり不便だ。

でもまあ、こらしめるんだから、きっとふらちな人間というのは、悪いやつのことだろう。

そのときわたしは、ふと、思いついた。

おじぞうさんって、お願いしたら、なんでも聞いてくれるんだよね。

よし、せっかくだから、お願いしちゃえ。

「えーっと、ママが、スマホを買ってくれますように。パパの給料が上がりますようにと。それから、可南子に仕返ししてやってください。だってわたしのこと、カンニングしたって言うんだよ。それにスマホを持ってないからって、仲間はずれにするの」

最後のふたつはうそだけど、せっかくなので、つけくわえてみた。

でも、手を合わせておがんでみると、ほんとうに、自分がいじめられてるような、気分になるからふしぎ。

さあ帰ろうと、体のむきを変えたとたん、背中で声がした。

「そのつみけっしてゆるすまい。おいらが、こらしめてやるでやんス」

おどろいて、おじぞうさんのほうへふりむいた。

ふりむいて、またおどろいた。

「ひえーっ！　なにこれ！」

おじぞうさんの顔が、ヤバイ。

ついさっきまで、おだやかにほほえんでいたのがうそみたい。目はつりあがり、口は大きくさけて、のどのおくまで、血をのみこんだように真っ赤にそまっている。

そのおじぞうさんの口が、動く。

「おどろかなくても、いいでやんス。きみの願い、たしかに聞きとどけたでやんス」

「えっ……どういう意味ですか？」

あまりの急展開に、恐怖心がふっ飛ぶ。

「つまり、おいらがその子を、こらしめてやるでやんス。きみは、なにもしなくて、いいでやんスよ。おいらたちにまかせておけば、てっていてきに、こらしめてやるでやんス」

てっていてきに……。

なんか、まずい気がしてきたんだけど。

そしてたしか今、おいらたちって言ったよね。

なんかおかしなことになりそう。

おじぞうさんは、そんなわたしの心配などかまわず、話を進める。

「それでは、だれに手伝ってもらうでやんスかね」

おじぞうさんの目が、足もとの、タヌキたちにむけられた。

「おいらが、やるでポコ」

緑色の前かけをした、タヌキのおきものが、わたしを見てにやりと笑った。

あやまっても、ぜったいにゆるしてくれない、おじさんみたいな顔をしてる。

こうなると、もうおどろかない。

「あなたは、なに？」

わたしから、たずねていた。

「おいら、マナー妖怪・うらうら。人の心の、うらのうらがわまで見るのが、大好きでポコ」

心のうらがわって聞いて、ドキッとした。

わたしさっき、うそをついた。

「それじゃあ、たのんだでやんス」

おじぞうさんが、落ちついた声で言う。

もう決まったみたい。

そしてどこからか、機械的な声が聞こえてきた。

「……六……五……四……三……」

カウントダウンが、今は、おじぞうさんの体の中から聞こえる。

「はなれたほうが、いいでポコ」

マナー妖怪・うらうらが、真剣な顔で言う。

あわてて、後ずさりした。

「……二……一……ゼロ」

そのしゅんかん、ゴゴゴゴーと爆音をひびかせ、おじぞうさんが、タヌキたちもいっしょに、空へと飛び立った。

なにがおきているのか、まったく理解できなかった。

耳のおくがジーンとしびれて、目をとじた。

頭がクラクラして、なんでもいいから、なにかにつかまりたい。

「おじょうちゃん、だいじょうぶ？」

声をかけられ、われに返った。

わたしは郵便局の前のポストに、しがみつくようにして、立っていた。

心配して話しかけてくれたのは、郵便局から出てきたおばさんだった。

「は……はい。だいじょうぶです。ありがとうございます」

わたしは力なく、そう答えた。

そしてすぐに、ぞっとして鳥肌が立った。

わたしがさっきまでいたはずの、細い路地が、消えてなくなっていたのだ。郵便局のすぐとなりは、たこ焼き屋さんで、ふたつの建物のあいだには、体を横にしても、入れるすきまはなかった。


つぎの日、教室で、可南子を見たとたん、「あっ」と声をあげた。

「どうしたの」って、有沙がすぐに反応した。

「えっ、あっ、いや、そうだ。有沙の習字の展示会、今度の土曜日だよね」

と言って、ごまかした。

「習字じゃなくて、書道だけど。どうして？」

「見にいこうかなと思って」

ほんとうは、きょうみなんかなかったけど、なりゆきで言ってしまった。

「うれしい。わたし、受付しているから、声をかけてね」

「わかった。楽しみ」

話しながら、わたしは可南子から、目がはなせなかった。

マナー妖怪・うらうらとかいうタヌキが、仕返しするとしたら、相手は、可南子だろう。

忠告してあげたほうがいいかな。

あのおじぞうさんとタヌキ、けっこうあぶない感じだった。

有沙からはなれて、可南子のそばへ行く。

「おはよう、可南子。ちょっといい」

いやなこと言われないか、用心しながら声をかけた。

すると、

「おはよう、千里。あのぅ、この前は、ごめん」

可南子が頭を下げてきた。

「ずっと、あやまらなきゃいけないと思ってた。千里が百点取ったのに、わたし、しっとして、ついあんなこと言っちゃって。ごめん、反省してる」

どっひゃん！

えっ、うそだろ。

わたし、こまるよ。

「それで、千里は、なに？」

可南子がスッキリした顔でせまってくる。

「いや、あの、なにかへんなことがおきるかもしれないから、気をつけてね」

「どうして？」

「それはその……朝、たまたま見たテレビでやってた星座占いで、おひつじ座が最悪だったから」

可南子とわたしは、同じおひつじ座だ。

「あ、ありがとう」

わたしは、自分の席に着いてから、考えた。

これって、どうなるんだろう？

あのときは、その場の気分で言っちゃったけど、こらしめじぞうに会って、早く取り消さなきゃ。

でも、どうすれば、こらしめじぞうに会えるのか、あせる。

考えてるうちに、一時間目、理科の授業がはじまった。

十五分ほど、たったときだ。

しずかだった教室に、とつぜん音楽が、鳴りひびいた。

ラップ調の、ノリのいい音楽。

教室の後ろから。ロッカーのあたりだ。そこには、みんなのランドセルがある。

「えっ？　けいたい……」

「だれか、電話の着信じゃない？」

「持ってきちゃ、いけないよね」

「ドジだね。マナーモードにしておかなきゃ」

みんなが、口ぐちに言う。

授業はストップ。

「だれですか。自分で電源を切ってください」

先生は、こまった顔で言うけど、だれも席を立たない。

先生はロッカーへむかうと、紫色のランドセルをつかんで、ロッカーの上に置いた。するとやんだ。

可南子のランドセルだ。

「あけていいですよね？」

と、先生はチラリと、可南子を見て言った。

「わたし、知りません」

可南子がていこうする。まあ、こんなどきょうがあるのは、可南子ぐらいだろう。

先生はランドセルをあけ、スマホを取り出した。

それから、手にして画面を見たとたん、

「きゃあ！」

先生は叫ぶと、スマホから手をはなした。

スマホは、まっすぐに先生の足もとに落ちた。

なんにでも飛びつく男子が数人、子犬のようなすばしっこさでかけよる。

「うわっ、やべ」

画面をのぞきこんだ男子の声。

「なになに、教えて」

席に着いたまま、女子がはやしたてる。

「これを見たやつは死ぬ！　って書いてある！」

「ええーっ」と、おののく声が、教室のかべをゆらした。

「わたしのじゃない！」

可南子が、金切り声をあげた。

「じゃあ、なんで、可南子のランドセルに入ってるのよ」

女子のざんこくさが、こういうときにきわだつ。

可南子は、机につっぷして泣きだした。

あんまりだ。

「だれか、可南子さんを保健室へ連れて行ってあげて」

「あ、はい。わたし行きます」

わたしが可南子の肩に手をかけると、すなおに立ち上がった。

教室を出るとき、有沙がふしぎそうに見ていた。さっき可南子が、わたしにあやまってきたことも知らないだろうし、その気持ちはわかる。

保健室へ可南子を送りとどけると、わたしはまたろうかへ出た。

それにしても、ランドセルから出てきたスマホは、いったいだれのものだろう。

すぐに、マナー妖怪・うらうらの顔がうかんだけど、あんなことまでできちゃうなんて、恐怖だ。

そのときだ。

まるで、かべの中からわいて出たように、マナー妖怪・うらうらがあらわれた。

ろうかのむこうから、歩いてくる。

ひたひたと、足音が聞こえる。

この前のときと、まるでふんいきがちがう。

重苦しい空気がおしよせてくる。

ひたひたひた、ひたひたひたと、しずまったろうかにひびく。

それ以外の音がしなくて、ここだけが、校舎と、切りはなされた空間のようだ。

近づいてきた妖怪・うらうらの顔はおこっていた。

目がつりあがって、こわい。

「おいらたちに、うそをついたでポコ」

「うそって……」

「可南子ちゃんが、きみにカンニングをしたって言ったとか、仲間はずれにしようとしたなんてしょうこ、どこにもなかったでポコ」

そんなことまで、するんだ。

「あれは、なんていうか、なりゆきで言っちゃったの。ごめんね」

「ごめんねは、受けつけないでポコ。こらしめじぞう様を、あまくみると、危険でポコ」

「ごめんって言われたら、ゆるさなきゃいけないんだよ。それがこの学校の決まりだから」

「おいらたちに、学校の決まりなんて通用しないでポコ。もうひとつ言うと、人間の決まりも、通用しないでポコ。いちばん悪いのは、千里ちゃん。きみでポコ。それから、友だちも、みんなまとめてこらしめるでポコ」

友だちって、まさか……。

なんとかしなきゃと思ったけど、脳みそがぐじゃぐじゃにこんらんして、どう言えばいいかわからない。

妖怪・うらうらは、背中をむけると、空気にとけるように消えた。

まってよ、うらうら。声をあげようとしたけど出ない。

「おいきみ、どうしたんだい？」

ふりかえると、校内を見回っていた男の先生が立っていた。

可南子のスマホ事件は、けっきょく犯人は、見つからないまま終わった。

可南子はお母さんに、家から自分のスマホを持ってきてもらって、ランドセルから出てきたスマホが、可南子のものではないと、証明してもらったのだ。

こらしめじぞうと、マナー妖怪・うらうらのことを、有沙と莉々華に話そうかまよっているうちに、週末がきてしまった。

土曜日は、有沙の書道展を見に行って、日曜日には、莉々華のダンスを見る約束をしていた。

おかしなことが、おきなきゃいいけど。


書道展は、市民公園の中にある、ギャラリーでひらかれていた。

レンガ造りの、おしゃれな建物だ。

有沙はドレスアップして、受付にすわっていた。

むねにピンクのリボン。

「よかったらこちらへ、住所とお名前を、いただけますか」

有沙のすました顔を見ていたら、笑えてきた。このあと、おそろしいことがおきるなんて考えられない。

「案内してもらえますか」

わたしもすまして答えた。

かべにかざってある作品は、どれもむずかしい漢字で、わたしには読めない。

「あれがわたしの作品でございます」

有沙が指さした場所を見上げた。

金色のリボンがつけてある。漢字がいっぱい書いてある。

「へえ、金賞なんだ」

だれにでもひとつくらい、とりえがあるんだねと、心の中で舌を出した。

「それにしても、なにあれ、じゅもん？」

「あれは昔の詩だよ。唐の時代ってわかるかな？　昔の中国の……」

有沙の声が、きゅうにいきいきする。

ムリムリ。知らないし、きょうみないし。

わたしが、よそ見してると、

「千里、どこ見てるの。あの詩の意味はね」

そう言って、しせんを作品にむけたとたん、

「ちがう！」

有沙がさけんだ。

顔が引きつってる。

「あれ、わたしのじゃない」

そこに書いてあったのは、さっき見たのとはちがって、おかしなのろいのような言葉だった。

『うそつきの鐘だれがつく
おいら知ってる悪いやつ
ぜったい許してやるものか

はじめのアリサ、おつぎはリリカ
さいごがたのしみチ、サ、ト
うそつきの月どんなつき
見た目は満月うらがわは
真っ暗闇の運のつき
アリサとリリカとチ、サ、ト
黒い血をはきのたれ死ぬ』

なんなの、あれ……。

わたしたち三人の名前が入ってる。

「いやだ。どうしよう」

有沙がブルブルふるえだした。

なんて声をかけていいかわからない。

そのとき、また異変がおきた。

黒い墨の文字が、にじみはじめたのだ。

黒くにじみながら、文字がくずれていく。

黒い血を流したように広がり、やがてただの真っ黒な、一枚の紙になってしまった。

口をあけたまま、ポカンと見てる人。

パフォーマンスだと思って、手をたたく人もいる。

男の人がやってきて、急いできゃたつを立てた。

そして有沙の作品……もう、有沙の作品とはよべないけど……それを取り外しておろした。

作品をまるめて持ち、わたしの横を通るその男は、体は人間だったけど、顔は、妖怪・うらうら……？

やがてその背中は、明け方の月のようにそっと消えた。

ぼうぜんとしていた有沙は、自分の作品が展示室から消えたとたん、しゃがみこんで泣きだした。

なぐさめようとしたけど、わたしの手を、バシンと、有沙の手がはらいのけた。

「もうあっちへ行って。あんなばかなことするから、ばちがあたったんだよ」

きっと、フェイクニュースをでっちあげたことを言ってるんだ。

ぜんぶ、わたしのせいになってる。

それはちがう。はっきりさせなきゃ。

「ばちとか、そんなんじゃないし。これは、妖怪・うらうらのせいだし」

「はあ!?」

ほんとうのことなのに、有沙はますますブルブルふるえて、わたしをにらんできた。

「もう友だちじゃないから」

「え……」

「消えて！　早く！　わたしの前から、消えて！」

体の中を、すーっとつめたい風が通りぬけた。

市民ホールの前の広場を、わたしはとぼとぼ歩いた。

足に力が入らなくて、噴水のそばにあるベンチに腰をかけた。

ぼんやり、ふき上がる水しぶきを見てたら、声をかけられた。

「どうでポコ。なかなかおもしろかったでポコ？」

うらうらだ。

そのすがたは、気味が悪い。そして腹が立ってきた。

「ずいぶん、ひどいことするのね」

妖怪・うらうらは、にやりと笑った。

「ひどくはないでポコ。ふつうでポコ。あの子は、いちばん軽いでポコ。これからだんだん、ひどくなるでポコ」

ひどく……。

それを聞いたとたん、さっき紙に書かれていたのを思いだした。

はじめのアリサ、おつぎはリリカ
さいごがたのしみ、チ、サ、ト
はじめは有沙。そして莉々華。最後は千里。そう、このわたしだ。

これはまずい。わたしはあせった。

「ねえ、うらうら。なんとかしてよ！　あやまれっていうなら、いくらでもあやまるから。わたしはたすけてよ！」

「だれにあやまるでポコ？」

「可南子……ああ、でも可南子にはもう、あやまったし。じゃあ、有沙と莉々華かな」

「どこまでも、いいかげんな性格でポコ。テストの点数がよければ、それでいいと思ってるでポコ。きみのママは、その性格がよくわかっているから、スマホを持たせられないでポコ」

「もういいよ。お説教なんかいらないよ」

「とことんだめな人でポコ」

マナー妖怪・うらうらは、見くだすように笑うと、背中をむけ、去って行った。


日曜日は、莉々華のダンス発表会。

莉々華になにかあったら、いやだな。でも、マナー妖怪のことを話して、あとでわたしのせいにされちゃうのもいやだし。

けっきょく、だまっていた。

市内のショッピングモールで、いろんなチームが出場する発表会らしい。

一階、虹の広場は円形で、特設ステージがこしらえてあった。

アップテンポの音楽と、カラフルな衣装で、特設ステージやそのまわりは、別世界のようだ。

おどっているのは、小中学生だ。

観客はみんな、スマホで撮影している。

やっぱりスマホは必要だ。しかしこの世界を、みんながスマホの画面ごしにしか、見ていないっていうのも異様だ。

莉々華たちのダンスチームが、ステージに上がる。莉々華の立ち位置は、もちろんセンター。
いっしゅんしずかになって、とつぜん、大音量で音楽が鳴りひびいた。
莉々華たちが、ロボットのようにおどりだす。
キレッキレのダンスだ。
右へ跳んだり、左へはじけたり。
音楽がスローテンポになり、莉々華の動きも、それに合わせて変わった。
あれ？　莉々華の表情がおかしい。
なにか、気にしながらおどってる？
と、思ったら、とつぜん莉々華の体が前にふっ飛んだ。
おどっていた勢いもあって、莉々華の体は、ステージの下まで転げ落ちる。
いっしゅんのことで、なにがおきたのか、わからなかった。
わたしはあわてて、莉々華のそばへかけよった。

「莉々華！　だいじょうぶ？」

莉々華が、顔を上げた。その目はあきらかに、わたしを恐れていた。

「……えっ、なに？」

「おしたよね、千里。今、ステージに上がってきて、わたしをおした」

「そんなことしてないし、できるはずないでしょ」

「ううん、千里がおした。つき飛ばされたとき、千里の顔が見えた」

「そんなばかな。そうだ莉々華、みんなスマホで撮影してたから、それを見ればわかるよ。ねえ……」

わたしはとなりにいた、おばさんに話しかけた。すると、おばさんが言う。

「うつってるわよ。あなたが、ステージに上がって、その子を後ろからつき飛ばしたの」

「うそだよ、そんなの」

そのとき、警備員の男が、わたしのそばにきた。

よかった。この人なら、わかってくれるだろう。

警備員が、わたしのうでをやさしくとると言った。

「逃げられないから」

「えっ……」

この人も、わたしをうたがっている。

「だから、スマホを見てよ。みんな撮影してたから」

すると、警備員が答えた。

「さわいでもむだ。スマホを見たから、きみをつかまえたんだ、ほら」

わたしの前に、スマホをさしだした。

おどっている莉々華。

そして、その後ろにわたしがいた。

ほかの子にぶつからないように、器用によけながら、莉々華に近づく。そしてとつぜん、うでをのばし、その体をつき飛ばした。

「こんなのうそよ。だってわたし……。そうだ、フェイクだよこれ」

「フェイクかどうか決めるのは、きみではないでポコ」

……えっ……ポコ。

見ると警備員が、にまりと笑った。

すがたは人間だけど、目を見ればわかる。

「だれか、こいつは妖怪なの。警備員の服を着たにせものだよ。ねえ、だれかたすけて！」

わたしはまわりにいた人に、うったえた。

でもだれひとり、わたしをたすけようとはしない。

みんながさしだすスマホの画面には、どれもわたしが映っていた。

「とにかく行くでポコ」
妖怪・うらうらの力は強かった。
連れられて行くわたしを、みんながスマホで撮影している。
あっというまに、わたしのみじめなすがたは、世界中に拡散されてしまうだろう。
なんでなんで。
わたしが、なにしたって言うのよ！
あぁ、わたし、どうなっちゃうの……。

第二話　妖怪つるまる

わたしがゆるさない

リビングに入ると、ママが電話で、だれかと話していた。
声がよそゆきでもないし、相手はパパだろう。
「……ゴルフのあと、仲間で焼肉を食べに行くのね……はいはい……晩ごはんはいらないのね。調子にのって、食べすぎないでね。この前みたいに、おなかをこわすから」
ママは窓ぎわで外を見ながら話す。

わたしがリビングへ入ってきたことにも気がつかない。

「……あ、そうだ。あなた、わたしのサイフから、一万円持ち出していないわよね？　三万円入ってたと思ったんだけど、さっき買い物に行ったら、二万円しか……かんちがいじゃないわよ。パパじゃなかったら、とったの、紬生かなぁ……」

えっ、わたし!?

「……だってあの子、最近いつも、おなかすいたよ、菓子パン買ってくるからお金ちょうだいって言うのよ」

それはほんとうだけどね。

「……でも、一万円分、菓子パン食べたら、きっとおなかこわすわよね」

そんなに食うか。てか、ママさっきから、おなかをこわす心配ばかりしてない？

「……へえ、そんなに高い菓子パンがあるんだ。じゃあ、わたしの誕生日に買ってきてよ」

なんか話が横に一センチずれた。

電話を切って、こちらをふりむくと、ママはいっしゅん固まった。

「……もしかして、聞いてた？」

わたしはむねの前でうでを組み、大きくうなずいた。

「どのへんから？」

「ゴルフのあと、仲間で焼肉を食べに行くのね、の、あたりから」

「いや、べつに紬生が一万円とったとか、思ってたわけじゃないのよ」

「いいわけは聞きたくない。そもそもわたし、とっていませんから」

「だってね、こういうのって、けっきょく消去法じゃない。あ、消去法ってわかる？　可能性が低いのから順番に消していって、残ったものをうたがう。まず消えるのが洸太でしょ。そのつぎが紬生。で、まあ、パパが残るわけ。そこから考えて、パパじゃなかったから、つい紬生の名前を……」

「どうしてわたしよりお兄ちゃんのほうが、可能性が低いのよ」

「だって、あんなに気の小さい洸太にこんな大胆なことができるはずないでしょ」

ママの考えには、わたしもさんせいだ。

お兄ちゃんは、ふたつ上の中学一年生だけど、気が小さくて、いつもわたしの後ろをついてくるイメージしかない。

でも、わたしじゃないし、パパでもなかったら、やっぱり、お兄ちゃんしか……。

「……ねえ、惟吹はどう思う？」

学校でさっそく惟吹をつかまえ、相談にのってもらった。惟吹はおさななじみで、なんでも話せるんだ。

「ぼくだって、一万円分、菓子パンを食べたら、おなかこわすよ」

「そっちじゃねえよ！」

「わかってるよ。じょうだんはともかく、お兄さんは、要注意だよ」

「やっぱり、そうかな……でも、わたしとしては、大好きなお兄ちゃんを、うたがいたくないんだよね」

するとい惟吹は顔をしかめる。

「気持ちはわかるけど、ぼくのお兄ちゃんなんか、こっそりと家の物を、リサイクルショップへ売ってたんだ。紬生ちゃんも、注意して見ていたほうがいいよ」

「わかった。ありがとう」

日曜日、わたしはいいことを考えた。

宿題を教えてもらうふりして、お兄ちゃんの部屋のようすをさぐるのだ。


「お兄ちゃん、百分率教えて」


学校からもらってきたプリントを持って、お兄ちゃんの部屋に入った。

お兄ちゃんの部屋は、わたしの部屋とちがって、ちゃんと整理整とんしてある。

それと関係あるのか、学校の成績もいい。

ママは、そんなお兄ちゃんを、いい子だって言うけど、わたしからすると、ちょっと物足りない。

なんだか、弱々しいのだ。

お兄ちゃんがむかっている机の上にプリントをおいて、その後ろに立つ。

さりげなく、部屋を見まわすけど、とくに変化なし。

お兄ちゃんが集めているアニメのグッズたちが増えたのかへったのか、どれくらい価値があるのかまでわからない。

「……でっ、ここに入る数字が……おい、紬生、聞いてるのか？」

「あ、うん。聞いてる。あ、そうだ。お兄ちゃんさ、なにかほしいものとかある？」

「なに、いきなり？」

「いつも勉強を教えてもらってるし、おこづかいもたまったし、今度の誕生日、なにかプレゼントしようかなと思って」

てきとうに言ったつもりだったけど、お兄ちゃんは、きゅうにあらたまった声で、こう言った。

「そんなに、お金があるんなら、お兄ちゃんに、かしてくれないかな」

顔は机の上にむけたまま、声がびみょうにふるえていた。

なにかある！

直感がうずいた。

しかしここで食いついてはいけない。

さりげなく……さりげなく。

「いいけど。いくら？」

わたしは、なにに使うかなんて、まったくきょうみなさそうに聞いた。

「できたら、五千円くらい……」

「五千円!?」

「う、うん」

お兄ちゃんはずっと顔を上げない。

「いつ持ってきたらいい？」

「なるべく早く」

「わかった」

やっぱり、お兄ちゃんはあやしい。

すぐ部屋(へや)にもどって、サイフから五千円札(さつ)を出した。

お兄ちゃんにわたすと、「ありがとう」って、サイフにしまった。

「あ、紬生(つむぎ)。これ、ママにはないしょにしといてくれる」

「わかってるよ」

「よかった」

お兄ちゃんの、弱々しい声を聞くと、このままそっとしておいてあげたい気持(きも)ちにもなった。


お昼ごはんを食べて、ゴロゴロなまけものをしていたら、ママによばれた。

「紬生(つむぎ)、惟吹(いぶき)くんがきてるわよ」

なんだろう。おそるおそる顔を出す。

「あっ、紬生ちゃん。バードウォッチングに行かない？　どうせ、ゴロゴロしてたんでしょ？　ダンゴムシのほうが、まだ活動的だよ」

言わせておけば、好き勝手。

しかし、返す言葉もない。

「いいわねぇ。なんて健全なデートかしら」

ママは言うけど、小五でバードウォッチングは、健全なのだろうか？

それにわたしは、鳥さんよりも、お兄ちゃんをウォッチングしていたい。

惟吹のさそいをことわることもできず、わたしたちは、公園にむかって自転車を走らせた。

駐輪場に自転車をとめて、カバンから出した双眼鏡を、首からさげる。

「さあ、今日はどんな鳥に、めぐりあえるかな」

惟吹は張り切ってる。

「はあ……」

正直に言うと、わたしには、ニワトリとカラスとスズメ以外は、見わけがつかない。

駐輪場のむこうに、芝生の広場があって、サッカーや、バドミントンを楽しんでいる人でいっぱいだ。

わたしたちは、ジョギングコースにそって歩いた。

林間コースに池が見える。かこむようにベンチがあって、池のむこうに三人、男子中学生のすがたが見えた。

こんなところまできて、どうせやってるのはゲームだろう。

いつだって手元しか見てないから、お手元男子とよんで、わたしたち女子はつまらない男子の代名詞にしている。

ここにいるお手元男子は、どんなやつらだろう。顔を見てやれ。
わたしは双眼鏡をのぞいた。
「おっ紬生ちゃん、やる気まんまんだね。この日がくるのをまってたんだ」
惟吹は勝手に感激してる。
見ようとしてるのは、鳥ではないのだけれど。
焦点を合わせ、思わずわたしは、「うっ」と、うなってしまった。
お兄ちゃん！　なにしてるの？
てっきり、家にいるものだと思っていた。
そばにいる二人には、見おぼえがある。
笠原くんと中野くんだ。
小学生のころは、うちにもよく遊びにきてたけど、中学生になってからは、
ちっとも顔を見なくなった。

それにしても、ふんいきがあやしい。

お兄ちゃんが二人から、責められているように見えた。

弱っちい感じはいつものことだけど、頭をたたかれたり、むねをこづかれたりしている。

これって、じゃれてるの？　それとも、いじめ？

お兄ちゃんがヘラヘラ笑いながら、ポケットから一枚の紙を出した。

らんぼうにひったくったのは、笠原くん。

そのとき、直感でわかった。

あれは、ただの紙じゃない。わたしがお兄ちゃんにあげた五千円札だ。

ママのサイフから消えた一万円札も、きっとこいつらがお兄ちゃんからとったんだ。

これって、カツアゲだよ。

「まずいな、あれは」

不意に、惟吹の声がした。

双眼鏡から目をはなすと、惟吹もわたしと同じ情景を見ていた。

「ほっとけないな。行こう」

「えっ？　行こうたって……」

「紬生ちゃんの、お兄ちゃんじゃないか。見ぬふりはできないよ」

惟吹はずんずん歩きだした。

かっこいいけど、うれしいけど、だいじょうぶかな。

近づいていく。

わたしがだれだかわかると、三人の中学生は、こまったように笑った。

「ひさしぶり、紬生ちゃん」

「大きくなったな」

笠原くんと中野くんから、ねばついた、いやなしせんを感じた。

惟吹が笠原くんの、手元を見た。

まだ五千円札をつかんだままだ。

「そのお金、洸太さんのですよね」

「言ってる意味が、わからないんだけど」

中野くんが、惟吹をにらみつける。

目つきがこわい。

「そのお金、あなたたちのお金じゃ、ありませんよね」

「もしかして、おれたちから金をとろうとか、思ってるんじゃないの。イマドキの小学生、おっそろしぃー」

笠原くんは、わざとおどけた声を出す。

「返してあげてください」

惟吹がせまる。

「だから、なに言ってんだよ。このガキ」

中野くんがすごむ。

「ぼくたち、池のむこうから見てたんです」

「あんな場所から、なにが見えるんだよ」

「いろいろ、はっきりよく見えました。これで見てたんで」

惟吹が、顔の前に双眼鏡をかかげる。

「見えた見えたって、うるせえんだよ。この金は、洸太がくれたんだから。問題ない！」

「どうして、洸太さんはあげたんですか？」

惟吹が聞いても、お兄ちゃんは、だまったままだ。

「しつこいな。ゲームで負けたら、はらう約束してたんだ」

「五千円もですか？　なんのゲームですか？　そんな約束をさせること自体が、おかしいですよね」

「ほっとけ。おまえには関係ないだろ。おい、洸太。おまえからも、なんか言ってやれ」

中野くんに言われると、お兄ちゃんは、大きくうなずいた。

「あ、うん。あの、これって、おどされてるわけじゃないから。それから紬生、ママには言わないでね」

それって、おどされてるって白状してるのと、同じじゃない。

でも、これ以上はしかたないよね。お兄ちゃんの気持ち、わからなくもない。

ところが惟吹はめげない。

「五千円は返してください。それからゲームでお金をかけていいかどうかは、ちゃんとした人に判断してもらいましょう」

「だれだよ？」

「信頼できる、大人の人に相談します。とにかく返してください」

惟吹は言うだけでなく、お金を取り返そうと、笠原くんに飛びかかった。

「なにすんだよ！」

悲しいけど、小学五年生と中学生とでは力がちがう。

惟吹はつき飛ばされ、ころんでベンチに顔をぶつけた。

おでこから血が流れてる。

とたんに中学生たちは逃げ腰になった。

「おれたち知らないから。おまえが勝手に、つかみかかってきたんだからな。

おい、行こうぜ」

笠原くんが、あわてて駐輪場にむかう。

「クソが！」

中野くんもあとをおう。

お兄ちゃんは、「ママにはナイショな」って、やっぱり二人について行く。

どうして？

わたしには理解できない。

「惟吹、だいじょうぶ？　あそこの水道で洗おう」

すぐ先に水飲み場があった。

惟吹は、目の上が紫色にはれていた。なのに、

「このケガのことは、だまっていてね」

かくそうとする。

わたしはもやもやが残るだけ。

「どうして？　さっき、大人の人に相談するって」

「ほんとうは、ちゃんと解決したいけど、紬生ちゃんのお兄さんを見てると、むずかしそうだし。お兄さんが声をあげなきゃ、だれも真剣に、聞いてくれないよ」

惟吹の考えは、いつも的確だ。

でも、的確すぎて、もやもやすることもある。

「それにしても、情けないお兄さんだね」

惟吹がつきはなすように言った。

えっ……情けないって。

そのしゅんかん、信じてつかんでいた木の枝が、ポキッておれたような気がした。

弱っちいお兄ちゃんだとは思うけど、情けないと思ったことはない。

ましてや、他人から言われたくない。

「お兄ちゃんのこと、悪く言わないでよ！」

思わずわたし、怒鳴っていた。

「なんだよ。せっかくお金を取り返してやろうと思ったのに」

「もういっしょにいたくない。帰って！」

「勝手にすれば。一人じゃなんにも、できないくせに」

頭にきて、答える気力もなくなった。

惟吹に背中をむけて、公園のおくへずんずん歩いた。

あんまり腹が立ちすぎて、自分でもどこへむかって歩いているのか、わからなかった。

気がつくと、ハイキングコースの矢印が目に入った。

ちょっとまずいな。引き返そうか。

立ち止まって見ると、左手におじぞうさんのすがたがあった。

こんな場所に……。
おじぞうさんは、赤い前かけをして、おだやかにほほえんでいた。
背の高さは、わたしくらい。
すぐわきに、木の立て札が立っていた。
説明らしきものが書いてある。

『こらしめじぞう』
このじぞうは、世の中のふらちな人間を、こらしめるために、作られたじぞうなり。手を合わせ、心の中で、こらしめたいと願う相手の名をとなえれば、あなたのかわりにこらしめてくれる。

そして、おじぞうさんのまわりを、タヌキのおきものが、青、赤、緑と、

色とりどりの前かけをして、かこんでいた。

　なんか楽しそうだ。

　せっかくだから、お願いしてみよう。

「おじぞうさん、おじぞうさん。お兄ちゃんからお金をまきあげた、笠原くんと中野くんを、こらしめてやってください。どうかお願いします」

　手を合わせたそのときだ。

「そのつみけっしてゆるすまい」

　いかりをふくんだ、強い声が、どこからともなく聞こえた。

　あたりをキョロキョロと見まわす。

　だれもいない。

　おっかしいなぁ。

　たしかに声は聞こえたのに。

「もしかして、おじぞうさん、しゃべった？」

おじぞうさんに話しかけて、わたしはぞっとした。

さっきは、やさしそうな、ふつうのおじぞうさんだったのに、今は、顔がこわい。

目が真っ赤で、口がさけていた。

「こわがらなくて、いいでやんス。おいら、子どものみかたでやんスから。おいらにまかせるでやんス」

「ほ、ほんとうに、みかたなの？」

「そうでやんス。さっきの願い、たしかに聞きとどけたでやんス。笠原くんと中野くんでやんスな。どうなるか、見ものでやんス」

ふとわたしは、まずいことにまきこまれているような気がした。

「あのぅ、あなたはほんとうに、おじぞうさんなんですか？」

「そうでやんス」

「どうしてしゃべれるの？」

「おいらは、何百年ものあいだに、いつのまにか、妖怪になったでやんス。そして、この足もとにいるのは、おいらのつかいのものたち。マナー妖怪といって、マナーを守れないやつらを、こらしめる手伝いをしてくれるでやんス」

なるほど。悪いやつらではないんだ。

「それじゃあ、マナー妖怪・つるまる。おまえの好きそうな相手でやんスよ」

おじぞうさんが、足もとに声をかけると、オレンジ色の前かけをしたタヌキが進み出た。

ちょっとかわいい。

「おいら、マナー妖怪・つるまる。よろしくでポコ。てっていてきに、こらしめてやるでポコ」

「あの、てっていてきにって、どういうことですか？」

「お兄ちゃんの前に、悪い二人が、二度とあらわれないようにするポコ」

ええっ！

これっていいのかな？　ちょっと心配。

どうやって、こらしめるのだろう。

「それじゃあ、たのんだでやんス」

「まかせておいてでポコ。親方様」

タヌキがおじぞうさんに、力強く答える。

と、どこからか、機械的な音声が聞こえてきた。

「……六……五……四……三……」

カウントダウン？

おじぞうさんの中からだ。

「はなれるでポコ！」

マナー妖怪・つるまるが、短い足ですたこら逃げる。

わたしもあわてて、おじぞうさんからはなれた。

「……二……一……ゼロ」

とたんに、ゴゴゴゴーと、爆音とともに、おじぞうさんが飛び立った。

タヌキたちと、立て札も同時にだ。

わたしは青い空を見上げた。

「お、おい！　△？％＄☆□！」

おどろきすぎて、自分でも、なにを言ってるのか不明。

雲のむこうに見送って、ふと、足もとのタヌキに気がついた。

「あれ？　つるまるは、いっしょに行かなくてよかったの？」

「せっかくだから、紬生ちゃんの家を見学するでポコ」

と、いうわけで、わたしは妖怪・つるまるを自転車のカゴに入れて自宅にもどった。

おどろいたことに、玄関の前に惟吹がすわっていた。

「よかった。ぶじに帰ってきたんだ」

惟吹が、すっとんできた。その笑顔にうそはなかった。

「なんでいるの？」

「それは……心配だからに、決まってるじゃん。さっきは、勝手にキレてごめん。傷つけちゃったよね。ほんと、ごめん。ぼくが悪かった」

「そんな、わたしこそ……」

心の中が、ぽっとあったかくなった。

やっぱり惟吹はいいやつだ。

「ところで、それはなに？」

惟吹が、タヌキに気がついた。

「あの、これは、その、子どもが五十円で売ってて、買ったの。かわいいでしょ」

「紬生ちゃんって、おもしろいね。紬生ちゃんの、そういうところが好きなんだ」

「ありがとう。また学校でね」

ドキドキしながら家に入ると、お兄ちゃんが、すぐにやってきた。

「紬生。惟吹くんに、心配かけちゃだめだよ。ずっとまってたんだよ」

言われておどろいた。

「だれのせいで、こんなことになったと思ってんの。お兄ちゃんが情けないからでしょ」

思わず言っちゃった。それでもお兄ちゃんは、おこらない。

「自分でもわかってる。これじゃいけないって。でも、ぼくみたいな弱っちいやつは、こうやって生きるしかないんだよ。お金のことも……いつか返すから」

ちょっと悲しそう。

「ごめん。お兄ちゃんの気持ちを考えずに」

惟吹には、あんなえらそうなことを言っといて、わたしのほうが、お兄ちゃんを見下していたのかも。

「お兄ちゃん、だいじょうぶだよ。きっとよくなるって」

お兄ちゃんがもういいいと言ったって、わたしがゆるさない。

「ところで、そのタヌキどうしたの？」

「あ、これ五十円で買ったの」

妖怪・つるまるを抱いて、部屋にもどると、

「五十円は安すぎるでポコ！」

つるまるが言う。

「五円でも高いくらいよ」

じょうだんで返したとたん、ビリビリと電気が流れた。

「痛っ！　なにすんの」

思わず飛びあがった。

「妖術オール電化でポコ」

「そんなオール電化、いらない」

予想以上に凶暴なやつだ。

こらしめるって、どうするんだろうか。ちょっと危険なにおいがする。


朝、目をさますと、マナー妖怪・つるまるが、部屋から消えていた。

お兄ちゃんに、おはようって言ったついでに聞いてみた。

「きのうのタヌキ、知らない？」

「タヌキ？　なんのこと？」

「ほら、わたしが持ってきた」

「なにを持ってきたって？」

「うん？　もういい」

「だいじょうぶか？　紬生」

おかしいな。話がかみあわない。もしかして、あれって夢だったのかなぁ。

「きのう公園で、お兄ちゃんたちと会ったよね」

とたんにお兄ちゃんはあせった顔で、人さし指を口の前に立てた。

それはおぼえてるんだ。

タヌキのことだけが、記憶からすっぽりとぬけ落ちているってことか。

学校で惟吹に聞いても、タヌキの記憶が消えていた。

いや、タヌキはいいのだけど、「紬生ちゃんのそういうところが好き」って言ったのまで、わすれちゃったのかな。

それはちょっと悲しすぎる。

学校から帰ると、玄関で、マナー妖怪・つるまるがまっていた。

やっぱり、夢じゃなかった。

なにも知らなければ、ただのタヌキのおきものに見えた。

「さあ、ランドセルをおいて。早く行くでポコ」

「どこへ行くの？」

「それはあとで教えるでポコ。おいらを自転車にのせるでポコ」

わたしはランドセルを部屋におく。

いったい、なにをするつもりなんだろうか。

自転車の前のカゴに、つるまるをのせて、わたしはたずねた。

「どこへ行けばいいの？」

恐怖心はあるけど、こうなったら、のりかかった船だ。行くところまで行ってやる。

妖怪・つるまるが指図した場所は、意外な場所だった。

「観音通りの商店街へ行くでポコ」

「そこって、なんにもないよ」

「ないから、仕事がやりやすいでポコ」

「仕事？」

その商店街は、昔こそにぎやかだったんだろうけど、今では、シャッター通り商店街ってよばれている。

「そこで、なにをするの？」

「行けばわかるでポコ」
そこは観音様におまいりするための、古くからある参道だ。
わたしは自転車を走らせた。
細い道の両脇にお店があるんだけど、その多くはしまっている。
「その、向井という店の前でとめるポコ」
すぐ先に、妖怪・つるまるの言う店のかんばんがあった。
自転車を店の前にとめて見上げる。
『向井釣具店』
釣り……それでこの妖怪、名前がつるまるなんだ。
ただその店も、今はシャッターがおりたままになっている。
いつからやっていないんだろうか。
洋館風の二階建て。二階には出窓があって、建てられたときはきっとおしゃ

れだったんだろうな。

自転車のカゴから、妖怪・つるまるをおろした。ほんと、人がいない。

「こっちだポコ。ついてくるでポコ」

妖怪・つるまるは、建物わきの、細い路地に入った。

わたしもすばやくおいかける。

うら口のドアの前につるまるが立つと、さわってもいないのに、ドアがスーッとあいた。

「入るでポコ」

まるで自分の家に入るみたいに、だいたんだ。

足をふみこむと、そこは台所だった。

うす暗くて、かびくさい。おばあちゃんちの、古い昭和の台所を思い出す。

「そこにあるバケツに水をくんで、二階へ持ってくるでポコ」

郵便はがき

料金受取人払郵便

麹町局承認

1109

差出有効期間
2025年5月
31日まで
（切手をはらずに
ご投函ください）

102-8790

206

（受取人）
東京都千代田区九段北
一―十五―十五
瑞鳥ビル五階

静山社
行

住所	〒　都道府県		
フリガナ		年齢	歳
氏名		性別	男　女
TEL	（　　）		
E-Mail			

静山社ウェブサイト　www.sayzansha.com

愛読者カード

購読ありがとうございました。今後の参考とさせていただきますので、ご協力を
願いいたします。また、新刊案内等をお送りさせていただくことがあります。

本のタイトルをお書きください。

この本を何でお知りになりましたか。
聞広告(　　　　　　　　　　　新聞)　2.書店で実物を見て
書館・図書室で　4.人にすすめられて　5.インターネット
の他(　　　　　　　　　　　　　　　　　　)

お買い求めになった理由をお聞かせください。
イトルにひかれて　2.テーマやジャンルに興味があるので
家・画家のファン　4.カバーデザインが良かったから
の他(　　　　　　　　　　　　　　　　　　)

毎号読んでいる新聞・雑誌を教えてください。

最近読んで面白かった本や、これから読んでみたい作家、テーマを
書きください。

本書についてのご意見、ご感想をお聞かせください。

記入のご感想を、広告等、本のPRに使わせていただいてもよろしいですか。
の□に✓をご記入ください。　□ 実名で可　□ 匿名で可　□ 不可

ご協力ありがとうございました。

「このかねのバケツ？」

「そうだポコ」

「水なんか、どうするの？」

「いちいちうるさいでポコ」

つるまるは、命令すると、さっさと二階へ上がっていった。

バケツに水なんかくんで、まさかのそうじ!?

よくわかんないけど、バケツを流しにおいて、水道のじゃぐちをひねった。

ときどきだれかがきているのか、水道は止められていない。

「よいこらしょっと」

バケツを持って二階へ上がると、あいた出窓の前でつるまるが、釣りざおの糸の先に、しかけをつけていた。

「えっ？　釣りするの？」

「そうで、ポコ」

「釣りざおがあったんだ」

「下のお店に、まだいくつか残っているでポコ」

もしかして、朝からここへきていたのだろうか。

「もうすぐ、この窓の下を悪いやつらが通るでポコ。そいつらを、この釣りざおを使って、釣り上げるでポコ」

「悪いやつらって……」

「紬生ちゃんのお兄ちゃんから、お金をおどしとったやつらでポコ」

笠原くんと中野くんのことだろう。

言ってる意味はわかるけど、頭の中で、うまく映像にならない。

二人とも、クジラやマグロよりは小さいだろうけど、サバやカツオよりは大きいはず。

そんなの、釣り上げられるわけがない。

つるまるは、わたしの心配をよそに、大きな釣りざおを軽々と持ち上げる。

「でっ、それはなに？」

釣り糸の先に引っかけてある、黄色の四角いモノは、もしかして……。

「これはえさのサイフでポコ」

「やっぱり。それで、釣り上げるの？」

「そうでポコ」

「そんなので、食いつくかな」

なんか、すっごいギャンブルのような気がする。

「あいつらは心がいやしいから、サイフを見れば、必ず食いつくでポコ」

そして、にまっと笑うとこう言った。

「このサイフは、念をまぶしてあるでポコ。心のいやしい人間が一度つかんだら、はなすことができない念でポコ」

「そんなものがあるんだ」

「念まぶしの術でポコ！」

つるまるは力強く言うけど、わたしには、お餅にきなこをまぶすくらいにしか、想像できない。

「ともかく、おいらはこのさおで一人を釣るから、紬生ちゃんは、そっちのさおでもう一人を釣るでポコ」

「ちょっとまって。いくらなんでも、これで人間は釣れないよ。ネズミならともかく」

「だいじょうぶでポコ。紬生ちゃんは、獲物が引っかかったら、その青いスイッチを、おすでポコ」

「リールの？」

「そうでポコ。スイッチをおせば、勝手に糸を巻き上げてくれるでポコ」

「へえ、電動リールなんだ」

ちょっと安心。

「感心してないで、バケツをもっとこっちへ持ってくるでポコ。死なせたら
かわいそうでポコ」

死なせたらって、なにを言ってるんだろう？

聞こうと思ったら、

「さあ、きたでポコ！」

つるまるが、真剣な顔で窓の外を見た。

あの二人、笠原くんと中野くんだ。

ふざけあいながら、こっちへ歩いてくる。

「よし。投げるでポコ！」

釣具店

妖怪・つるまるが、釣りざおを軽くふると、ビュンと糸がのびて〝エサのサイフ〟が歩道に落ちた。

わたしもまねをする。

ほんとうに、釣れるんだろうか？

二人の声が、だんだんとはっきり聞こえてきた。

「おい、サイフが落ちてるぞ、しかもふたつ！」

「ラッキー。日ごろのおこないがいいからな」

「おれ、こっち、もらい。おまえそっちな」

「いくら入ってるかな」

警察にとどける気持ちは、これっぽっちもないみたい。

二人して、サイフの中身を見る。

「まだでポコ……」

妖怪・つるまるが、タイミングをはかる。

「おい、紙きれが一枚入ってるだけだぞ」

「こっちもだ」

「なんだよ、これ？　〝残念でポコ〟って書いてある」

「いらねーよ、こんなの」

「すてちゃえ」

二人がサイフをすてようとした、そのときだ。

「今だポコ！　糸を巻き上げるでポコ！」

マナー妖怪・つるまるの声に、わたしはいそいで、リールの青いスイッチをおした。

とつぜん、ウイーンとモーター音がうなって、糸を巻きはじめた。

笠原くんと中野くんの、二人の足が地面からはなれた。

魚が釣れたときの感触が、手のひらによみがえる。

いやそれよりも数倍重い！

窓の下から、あわてふためく二人の声が聞こえてきた。

「なんだこれ。サイフがはなれない！」

「手にくっついてる！」

「おい、おれたち、釣り上げられてるぞ！」

「魚じゃねーっつーの！」

すると、つるまるが楽しそうに言いはなった。

「そのうち、魚になるでポコ」

魚……に、なる？

二人は糸の先で、くるくるまわりながら上がってきた。

それだけじゃない。

なんとそのすがたが、ほんとうに、魚へと変身していたのだ。

「しっかりさおを持って、はなしちゃいけないでポコ」

魚は小さくなりながら、ゆかに落ちたときには、人の顔をした鯉のようだった。

「ほら、バケツに入れるでポコ。死んだら、かわいそうでポコ」

そういうことだったのか。

「なかなかいい鯉になったでポコ」

あばれていた鯉も、バケツに入ると、安心したのか、ゆらゆらと水の中を泳いだ。

「さあ、いそいで池にはなつでポコ」

「池って、どこの？」

「公園でポコ。ここは、おいらにまかせて行くでポコ」

わたしはすぐに、鯉の入ったバケツをカゴに入れて、自転車を走らせた。

公園の池につくと、時間がおそいせいか人はいなかった。

池に二匹の鯉をはなつ。

池の鯉は、泳ごうとはせずに、水面にうかびあがると口をぱくぱくさせた。

おーい、まってくれ、もう悪いことしないからたすけてくれと、言ってるみたい。

ごめんね。

もう、おそいんだよ。

わたしにもたすけられない。さよなら。

家にむかって、わたしは自転車を走らせた。

と、角を曲がったときだった。

なにかとぶつかって、わたしの体が、前のめりになってふっ飛んだ。

意識もいっしょに。

飛ばされながら、「よくやったでポコ」と、そんな声を、聞いたような気がした。


目がさめたとき、わたしは病室のベッドの上でねていた。

お兄ちゃんの顔が、真っ先に飛びこんできた。

「よかったな、紬生。お兄ちゃん、心配したんだぞ」

お兄ちゃんが泣いていた。

ママも涙ぐんでいた。

「わたし……どうしたの？」

病院のベッドにいること以外、なにがなんだか、わからない。

「ねえ、なにがあったの？」

「それはママが聞きたいわ。自転車にのっていてころんだみたいよ。救急車で運ばれたの」

ああ、そういえば、なにかとぶつかったような気がする。

「紬生は自転車で、どこへ行ってたの？」

ママに聞かれたけど、なぜだか思い出せなかった。

わたし、どこへ行ってたんだろう？

「三日も意識がもどらなかったのよ。とくにケガはないって、お医者さんは言うし……」

無理に思い出そうとすると、頭のおくが、ズキズキ痛んだ。

夕方になって、惟吹がお見舞いにきてくれた。

わたしの手をとると、よかったねって、何度もくり返して言った。

「退院したら、また公園に、バードウォッチングに行こうね」

「またって、わたし、惟吹（いぶき）と行ったことないよ」

「この前行ったよ」

「ほかの女の子と行ったんでしょ」

「そんなわけないよ。だって、ぼくが好（す）きなのは……」

「えっ？」

惟吹（いぶき）がてれて、顔を真（ま）っ赤（か）にする。

「あっ……、いや、そうだ。公園の池に、人面魚（じんめんぎょ）があらわれたんだって」

「人面魚（じんめんぎょ）？」

「そう、人の顔をした鯉（こい）が、二匹（ひき）いるんだって」

「わぁ、見たいな」

「早く元気になって、いっしょに行こうね」

「うん」

〝ぼくが好(す)きなのは〟の、その先は、公園に行ったときの楽しみにとっておこう。

こんな妖術もあります

ぼくのママは、いつも夜の八時ごろ帰ってくる。
それまでにおなかがすいたら、ぼくは一人で菓子パンをかじる。
ＡＩが相手の将棋のゲームは、えんりょなくやれるけど、七時をすぎると、
やっぱりさみしい。
何度も窓の外を見る。
ぼくの家は、古いマンションの七階。

とくに、ぽつん、ぽつんと、どこかの家の明かりがともりだすと、息苦しくなる。もちろんそんなことを、ママには言えない。

半年前に、ママはパパとわかれた。ママたちの言い争いがなくなっただけでも、よかったと思わなきゃ。

時計が八時をまわる。

玄関でドアのあく気配がした。

だまってリビングにあらわれたママの顔は、くもっていた。

ママはリビングを通りすぎると、ダイニングテーブルに荷物をドサッと投げ出した。

あきらかに、きげんが悪そう。

「里快、出かけるから。いっしょに行くよ」

「行くって、どこへ？」

「夏目颯（なつめかえで）くんの家。わかってるでしょ？」

「えっ？」

まさか、あんなことで……。

「颯（かえで）くんのママから連絡（れんらく）があった」

「なんて？」

「里快（りかい）におなかをなぐられて、ショックを受（う）けてる。もう学校へ行きたくないって言ってるんだって。ねえ、なぐったのは、ほんとうなの？」

「あんなの、なぐったうちに入らないよ」

「そういう問題（もんだい）じゃないって、四年生なんだからわかるよね。手を出したらだめだって」

「でも……」

ぼくにだって言いたいことはあったけど、やっぱり言えない。

「なんなのよ？」

「もういい」

「とにかくあやまりに行こう。今日のことは今日のうちに、すませようね」

ママの声が、少しやさしくなった。

「わかった」

ママは一日仕事（しごと）をして、きっとつかれている。

ぼくは、つばといっしょに不満（ふまん）ものみこんだ。

空き地に車をとめて、歩いた。

颯（かえで）の家のお父さんは、大きな会社の社長だ。

門があって、そのむこうに、明かりのついた玄関（げんかん）が見える。

ママがインターホンをおす。

「はい、どなた？」

ママが名のると、「あぁ」って感じで、颯の母親が答えた。

「あやまりにくるなら、もっと早くくるべきだろ」

玄関の外に出てきた颯の父親が、おこった声で言う。

「すいません。それで、颯くんは？」

「颯は、家の中です。なぐられたショックでねてます」

母親も出てきた。

「……あの、あやまりたいので、ここによんでもらえないでしょうか」

「けっこうです。虫にさされたら、かわいそうですから。わたしたちにあやまってくれれば、それでじゅうぶんです」

ママがラインでなにを言われたのか知らないけどママは悪くない。

それでもママはあやまった。

「ごめんなさい。うちの子どもが、乱暴なことをしまして」

おばさんは、鼻でふんと笑うと、ゴキブリでも見るような目で、ぼくをにらむ。

「あなたもよ」

なんていやな人なんだ。

「里快、あやまれる？」

ママが消えそうな声で言う。

「うん。颯くんをなぐってごめんなさい。反省してます」

ぼくは頭を下げた。

すると今度は、おじさんが言う。

「それだけか？」

「えっ？」

「ゆるしてくださいだろう。ふつうの家の子なら」

おじさんが、「ふつう」ってところに、力をこめた。

うちの家庭が、ふつうじゃないって言いたいんだ。

ママの目を見たら、悲しそうだった。

「ゆるしてください」

するととつぜん、おじさんの声が大きくなった。

「今度、こんなことをしたら、おれがおまえをなぐりに行くからな。おぼえとけ！」

おじさんは、それでスッキリしたのか、家の中に入っていった。

顔を上げると、二階の窓から楓がにやにや笑って、ぼくとママを見ていた。

「四年生にもなって、人をなぐったりするなんて、きっと家庭に問題があるのでしょうね。ご主人は、どうおっしゃってるの？」

「夫はおりません」

「そうでしょうね。では、おやすみなさいませ」

パパがいないこと、知ってるくせに。

ぼくとママは、とぼとぼと、車をとめた空き地へ歩いた。

みじめな気分だ。それはママも同じだろう。

そして、そんな気分にさせてしまったのはぼく。

「ママ、ごめんね」

すると、ママはぎゅっと、ぼくをだきしめた。

「里快。よくがまんしてくれたね。えらかったよ」

ぼくはママのむねで泣いた。


つぎの日。

「おい、里快。きのう、うちの親に土下座してあやまってたな」

「ここで、再現してみろ」

教室では、なるべくしずかにしていようと思ったのに、颯と稀人がからんできた。

「土下座なんてしてない」

「あやまったってことは、なにをされても、文句は言えないってことだよな。颯」

稀人が調子にのる。相手にしちゃだめだ。

すわっているぼくの席の前に、二人がならんで立った。

いやな予感がした。

「じゃあ、これもありだな」

二人がじわじわと、机をおしてきた。

後ろの席とのあいだにはさまれて、むねが痛い。

「あはは、どうした」

「いひひ、なんとか言えよ」

颯と稀人の顔が、みにくくゆがむ。

やり返したいけど、ママの顔を思い出した。

机とのあいだにすきまを作って、なんとかすり抜けると、今度は逃がすもんかと、髪の毛をぐいとつかまれた。

「おい、里快。うちの親にあやまったんなら、おれにもあやまれよ」

颯が、つかんだ手に、さらにぎゅっと、力を入れる。

逃げたくても逃げられない。

動けば、激痛が走る。

「先生、見て見ぬふりしないで、止めてくださいよ。里快が、颯たちにいじめられてます！」

正義感の強い桃子が、声をあげた。

「どうした？」

先生が、つぶやきながらそばにきた。

颯はもう手をはなしていた。

「なんにもしてないじゃないか。どうせ、じゃれてるだけだろ」

「そうそう。おれたち、親友だし」

「いいか、女子。こういうのは、男同士の友情だから」

「さすが先生。話がわかるぅ」

先生は、ぼくの顔すら見ずに、そそくさもどっていった。

それでも、桃子のおかげで、颯たちはぼくをいじめるのはやめてくれたから、たすかった。

学校の帰り道を一人で歩いていると、後ろからからかけてくる足音があった。

またあいつらか……いやだなぁ。

「ハッ、ハッ、ハッ、ハッ」

はずんだ息が近づいてくる。

「里快――！」

女の子の声が、となりにならんだ。

「あれっ？　桃子。どうしたの。帰り道、あっちじゃなかった」

ぼくは、今、桃子が走ってきた道を指さした。

「里快は、くやしくないの！」

桃子が、いきなりおこってる。

「なに？」

「颯なんかに、言われっぱなし、やられっぱなしで」

「そりゃ、くやしいけど、颯の家、すぐに親が出てくるから、めんどくさいんだよ」

　ぼくは歩きながら話す。

「親が出るって、なんのこと？」

「きのう図画の時間、ぼくパパをかいたんだ。そしたら颯のやつ、おまえにはパパなんかいないくせにって、パパの顔を黒の絵の具で、ぐちゃぐちゃにしたんだ。それでけんかになって、もみあってるうちに、あいつの腹に軽くパンチが入っちゃった」

「それでどうなったの？」

「あいつが自分の親に言いつけて、親からママにラインが入って、ママと二人であやまりに行った。目の前で、颯の親から、いやなこと、いっぱい言われた」

思い出すだけで、なみだがこみあげてくる。

「くやしいね」

「うん。でも、しょうがない」

「しょうがなくないよ」

「えっ？」

見ると、桃子の顔が、強気にかがやいていた。

「やられたら、やり返そうよ！」

「えっ？」

「里快は知らないかな。こらしめじぞうっていう、おじぞうさん」

「はじめて聞いた」

「空き地に、とつぜんあらわれたんだって。お願いすると、おじぞうさんがかわりに、いじわるしてくる相手をこらしめてくれるみたい。いいでしょ」

ちょっと、きょうみをひかれた。

「ねえ、二人で行ってみない？」

「どうしよう……」

「見るだけでも、いいでしょ」

「桃子が言うなら、行ってみようか」

「じゃあ、わたし、ランドセルおいてから、里快のマンションに行くね」

「うん」

ぼくたちは約束をしてわかれた。

自転車で桃子が案内してくれたのは、意外にもきのうの夜、ママが車をとめた空き地だった。

「ほら、あの草むらの中」

だれも草をからないのだろう。その場所だけひざのあたりまで、雑草が生えていた。

　ぼくの知っているおじぞうさんは、ちゃんと屋根やかこいに守られている。あそこに立っているおじぞうさんは、みんなから、わすれられているみたいだ。

　こんなことを考えるのは、いけないことかもしれないけど、そんなおじぞうさんに、御利益があるのだろうかとうたがってしまう。

　むしろ、人間をうらんでいるような気がする。

　そんなことを考えていたら、ぼくの足はとまっていた。

「どうしたの。行ってみようよ」

　桃子がぼくの手を力強く引っぱる。

　風もないのに、ザワザワとうごめく草。

　近づくと、おじぞうさんは、ぼくたちのむねくらいの高さだった。

おだやかにほほえむ表情は、絵本でよく見たのと同じだ。

赤い前かけが、とてもにあっている。

「これ、かわいいと思わない？」

桃子が指さしたのは、おじぞうさんをぐるりととりまく、小さなタヌキたちのことだった。

青、緑、黄、紫と、いろいろな色の前かけをしている。

「それで、ぼくは、どうしたらいいの？」

「これを読んで」

おじぞうさんの後ろに、木の立て札がかくれるように立っていた。なにか書いてある。


『こらしめじぞう』

このじぞうは、世の中のふらちな人間を、こらしめるために、作られたじぞうなり。手を合わせ、心の中で、こらしめたいと願う相手の名をとなえれば、あなたのかわりにこらしめてくれる。

「ねえ、桃子。ふらちって、どういう意味？」

「道徳を守らない、悪いヤツのこと。自分のことしか考えない、ごうまんなヤツ」

すぐに、颯と稀人の顔がうかんだ。

桃子も同じ考えらしい。

「ほら、お願いしてみたら」

「お願いって……だれを」

「颯と稀人に決まってるでしょ。やっつけてもらおうよ」

あの二人がきらいなのはほんとうだけど、こんなかたちでお願いするのは、正しいことなのかな。

そもそも、だれかをきらいだなんて思ってしまうぼくは、心のよごれた人間なのかもしれない。

「ねえ、まようことないよ」

「でも、もしもママにめいわくがかかったら」

「だいじょうぶよ。おじぞうさんが、ぜんぶうまくやってくれるって。このまま、あの二人をほうっておくのは、ぜったいによくない。里快だって、そう思うでしょ」

「それは、そうだけど……」

「うちの学校は、一クラスしかないから、卒業までいじめられるよ。それでもいいの？」

「それはいやだ」

「なら、手を合わせて」

そこまで言われると、やらないわけにいかなくなってきた。

ぼくは、おじぞうさんの前で手を合わせ、頭をさげた。

目をとじる。

（お願いです。夏目颯と川口稀人をこらしめてやってください。もう二度と、ぼくにからんでこないようにお願いします）

合わせた手に力を入れ、心の中でとなえた。

気持ちがすっとして、それだけでも、じゅうぶんこうかがあった気がする。

ぼくは顔を上げた。

と、そのときだ。

おじぞうさんの顔を見て、ぼくは「ぎゃっ」と悲鳴をあげてしまった。

赤い口が大きくさけて、口のおくまで血をのんだように真っ赤だった。目はするどく、カマの刃のようにつりあがって、見たものを石にでも変えてしまいそうなくらい、邪悪な光をはなっていた。

桃子がいなければ、きっとぼくは逃げ出していたにちがいない。

桃子も、おどろいてはいたけれど、はしゃいでいるようにも見えた。

「ひゃっ、やっぱりふつうのおじぞうさんじゃなかったんだ。これは期待できる」

すると答えるように、

「その通りでやんス。おいらにまかせるでやんス。てっていてきに、こらしめてやるでやんス」

おじぞうさんが話しかけてきた。

「よかったね。里快」

桃子はそう言うけど、なんとも返事ができない。だっておじぞうさんが、動いたし、しゃべったし、急にちがう世界に引きずりこまれた気分だ。

「なにを、どうしてくれるの？」

桃子はきょうみしんしんだ。

「それは、マナー妖怪が考えるでやんス」

マナー妖怪って、なに？

こらしめじぞうの目が、足もとの草むらにむけられた。

すると小さなタヌキたちが、ザワザワと動き出して、けもののにおいがわきたった。

生きてたんだ。

その中から、紫の前かけをした、やさしそうなタヌキが手をあげた。

「おいらにやらせてほしいでポコ」

とたんに、こらしめじぞうが「ふん」と鼻を鳴らした。

「おまえには、まだむりでやんス」

「やってみたいでポコ」

「この仕事は、そんなにあまくないでやんスよ。おまえにだれかを、てってていてきにやっつけられるとは、思えないでやんス。まだしばらくは、みんなの、使いっ走りをするでやんス」

「そんなのいやでポコ。チャンスがほしいでポコ」

「ん〜、そこまで言うなら、やってみるでやんス」

そして、こらしめじぞうはぼくたちを見て言う。

「こいつは、マナー妖怪・へっぴりという、まあ、たよりにならないやつだが、一度ためしてみるでやんスか？」

「もちろん、オッケーよ！」

桃子がいち早く答えた。

つられてぼくもうなずく。

「それじゃあ、へっぴり。たのんだでやんスよ。おいらたちは、行くでやんス」

こらしめじぞうがそう告げると、どこからか、機械的な音声が聞こえてきた。

「……八……七……六……」

カウントダウンがはじまった。

「こらしめじぞう様から、はなれるでポコ」

マナー妖怪・へっぴりが、ひょこひょこ走り出した。

「どういうこと？」

「もたもたしないで、里快。あぶないって言ってるのよ！」

桃子にグイッとうでをつかまれ、ぼくも走る。

「……四……三……二……一……ゼロ」

ゴゴゴゴーと音をたて、こらしめじぞうがタヌキたちといっしょに、空へと飛び立った。

「ふう、あぶない。里快って、ほんと危機管理能力がないんだから。そんなだからいじめられるんだよ」

グサッ！

桃子の言葉が心臓につきささる。

やさしいんだか、やさしくないんだか、わからない。

そして桃子は、きょろきょろとあたりを見る。

「いたいた……ねえ、妖怪・へっぴり。わたしたちはこれから、どうしたらいいの？」

「なにがで、ポコ？」

「楓と稀人をこらしめるんでしょ。どうやって、こらしめるの？　なんでも手伝うから」

「それは今から考えるでポコ」

「なまっちょろいのは、だめよ！」

「ちょっとまってよ、二人とも」

ぼくはあせった。

「なによ？」

「こらしめるといっても、あまりひどいことをするのは、どうかと思って」

「そんなだから、里快はからまれちゃうのよ。もっと、ガツンといかなきゃ！

ねえそうでしょ、へっぴり」

「それは、そうでポコ。でも……」

マナー妖怪・へっぴりが、こまっている。

たよりなくて、こらしめじぞうがまよっていたのが、わかる気もするけど、ぼくはどちらかといえば、このくらいのほうが好きかも。

反対に、桃子の、白黒はっきりさせなきゃ気がすまないところは、苦手なんだ。

「それで、どうするの？」

桃子が、まだぐいぐいいく。

「だからポコ……それは、今からでポコ……」

「なにを、ポコポコ言ってるの？　ポコポコポコポコナタデポコ。たたくわよ、ナタで。なーんちゃって」

桃子のほうが、妖怪に見えてきた。

「とにかく家に帰ろうよ。いつまでもここにいてもしょうがない。うちへおいでよ、へっぴり」

「ありがとうで、ポコ」

妖怪・へっぴりが、ぼくのとなりを歩きだす。

「ちょっとまってよ。わたしはどうなるの？」

「あ、ありがとう。桃子はもう……」

「わたしもついて行く」

「えっ、もうおそいし。そろそろママが、帰ってくるし」

「じゃあ、しかたないね」

うそだったけど、桃子がくると、なんだかめんどうなことが、おきそうな気がしたんだ。


「菓子パンって、とってもおいしいでポコ」

「それはパンといっても、アップルパイだよ」

ママはいやなことがあると、好きなものを食べて、気分てんかんする。

ぼくも同じ。おいしいものを食べると、いやなこともわすれられる。しかも今日は、妖怪・へっぴりと二人で食べてるから、よけいにおいしい。

へっぴりには、学校であったことを、いろいろと、聞いてもらった。

へっぴりはしずかに聞いてくれて、ぼくはゆったりとした気持ちになれた。

「ねえ、妖怪・へっぴりは、将棋できる？」

「知らないでポコ」

「ゲームだよ。教えてあげるから、やろう」

「がんばって、おぼえるでポコ」

へっぴりは、とってもすなおな性格だ。

ぼくは、五百円で買った、マグネット将棋盤をおもちゃ箱から出した。

使うのはひさしぶり。

将棋の入門書を見せて、ルールを説明すると、へっぴりはすぐにおぼえた。

しばらくすると、ママが帰ってきて、ぼくはへっぴりを部屋にかくした。

晩ごはんを食べながら、ママが聞いた。

「今日は学校、どうだった？」

きのうのことが頭にあったんだろう。楓のことだ。

「里快が正しいのはわかってるけど、なるべくトラブルに巻きこまれないようにしなきゃね」

「あ、うん。だいじょうぶ」

ねむろうとベッドに入ってからも、ママの言葉が耳のおくに残って、ぼくはこまっていた。

トラブルから遠ざかるはずが、こらしめじぞうに、あんなことをたのんでしまった。

「ねえ、へっぴりは、だれかをうらんだり、にくんだりしたことある？」

「わかんないでポコ」

「それでも、やっつけるんでしょ」

「おいらたちは、ただ、人の道に反(はん)するやつらをこらしめるだけでポコ。こらしめじぞう様(さま)の命令(めいれい)に、したがうだけでポコ」

ぼくは、よくわからなくなってきた。

「これって、正しいことなのかな?」

たずねたけど、へっぴりは答えない。

「うちではね、いやなことがあると、今日みたいにおいしいものを食べて、気持(きも)ちをまぎらわすんだ」

「おいしかったでポコ。しあわせでポコ」

「よかった。ぼくも今日は、へっぴりが、いっしょに将棋(しょうぎ)をしてくれたから、ひさしぶりに楽しかったよ」

「おいら、負けてばっかりで、くやしかったでポコ。ぜったいに強くなって、つぎは勝つでポコ」

「こっちだって。そうかんたんには、負けないよ」

へっぴりの笑顔につられて、ぼくも笑った。

そして思った。

こうしてぼくたちは、今、笑ってる。いつも笑っていたい。だからといって、そのためにだれかの笑顔をこわす権利も、ぼくにはない。たとえきらいな相手であっても。

やり返したりしたら、またこの笑顔がなくなっちゃうんじゃないのかな。

「やり返すって、そんなに大事なことなのかな？」

するとへっぴりが、表情をひきしめた。

「でもやっぱり、おいら、やるでポコ。そのために、ここへきたでポコ。予定のへんこうは、できないでポコ」

　へっぴりの顔を見ると、それはおかしいよとは、言えなかった。


「今日、なにがおきるの？」

　教室に入ったとたん、桃子につかまった。

　目がらんらんとかがやいている。

「なにがって……なに？」

「だぁ、かぁ、らぁ」

　桃子が、教室の前方を見やる。しせんのその先にいるのは、颯と稀人だ。

「どうやってこらしめるのよ？　予告編だけでも教えて」

「知らないよ」

「どうして？　きのう、あの妖怪と、みっちり打ち合わせをしたんでしょ」

「してない」

「えっ、作戦は？」

「そんなの、立ててない」

「じゃあ、なにしてたの？」

「将棋」

「はあっ!?　ばっかじゃない。やっぱりわたしがいなきゃ、だめね」

今日も元気にいばってる。

たすけてくれるのはうれしいけど、この攻撃的な性格は、ぼくには不安の種でしかない。

「それで、へっぴりは、どうしてるの？」

「わからない。朝おきたら、もう部屋にいなかった」

「期待しないほうが、いいかもね」

桃子は肩を落として言った。

二十分休みのときだった。

桃子が教室にかけこんできた。

「ねえ、中庭で、けんかしてる。見にいこうよ！」

「けんかなんか、どうでもいいよ」

ぼくは、今夜もへっぴりと将棋をするのを楽しみに、詰め将棋の本を見て勉強していた。

「けんかしてるの、颯と稀人だよ」

「ええっ？」

ぼくは本をとじて、桃子のあとをおった。

朝顔の鉢がならんだ中庭で、颯と稀人がにらみあっていた。

「おまえが先に言ったんだろ！」

颯が怒鳴りつける。

「おまえだ」

これだけでは、なにがあったのかわからない。

「ねえ、桃子、あの二人どうしたの？」

「死ねって、どっちが先に言ったとか、そんなやつ」

「それ、言っちゃったんだ」

いちばん火がつきやすいやつだ。桃子の話にうなずいてると、

「消えろ、雑魚キャラのくせに！」

颯がほえた。

まだまだもり上がりそう。

と、そのときだ。

「だまれ、クズ。おまえら、二人とも雑魚だ、ポコ」

バカにしたような声がした。

ふりむくと、見たことのない男の子がにやつきながら立っていた。

丸い顔に、ずんぐりむっくりの体型。

ぼくらの学校は、一学年一クラスだから、五、六年生だって顔を見ればだいたい知っている。

だけどこんな顔は、見たことない。

ただ、あの話しかたは……。

「いいか二人とも、今から足腰立たなくしてやるでポコ」

ポコ……。

ぼくは桃子と、顔を見合わせていた。

「あの子、きっと……」

「だよね。やっとほんりょうはっきね。ワクワク」

妖怪・へっぴり（たぶん）は、持っていたカバンから、なぜだか絵本を取り出した。

なんだろう、きっと痛い目にあわせる、なにかの秘密兵器なんだろう。

ところがへっぴりは、ぼくたちの期待を大きくうらぎるように、しずかに読み聞かせをはじめた。

「むかーし、むかし……」

「まじかよ？」

まわりが、ざわついた。

「……あるところに、おじいさんと、おばあさんがすんでいました。

おばあさんが、川でせんたくをしていると、山のほうから、どんぶらこどんぶらこと、うんこが流れてきま……」

「なんだよこいつ。シモネタかよ」

「くっだらねえ。行こうぜ！」

みんな、ばかばかしくなって、その場から引き上げてしまった。

ぼくもどうしようかまよったけど、桃子が動きそうになかった。

妖怪・へっぴりの、読み聞かせが続く。

「……そして、つぎに流れてきたのは、桃太郎でした。かんじんの桃は、上流で、おじいさんが食べてしまいました。

桃太郎は川に流されながら、

『おばあさーん、たすけてくれー。おれだよ。おれおれ』

と、さけびましたが、おばあさんは、きのう公民館で、『おれおれサギから、大切なお金を守ろう』という、勉強をしたばっかりだったので、そのまま桃太郎を、流してしまいました。

するとそこへ、桃のあまいにおいをプンプンさせて、おじいさんが逃げてきました。

よくばって、一人で桃を食べたばかりに、ハチにおいかけられていたのです。逃げてきたおじいさんは、川の中に飛びこみましたが、おじいさんもそのまま流されてしまいました。

おばあさんは、横目でにらみ、

『ちっ、めんどくせーやつ』

それでも、おじいさんのことを、めっぽう愛していましたから、川へ飛びこみ、クロールで泳いでたすけにいきました。

それから、しばらく時間がたち、かわらには、そよそよと、風がふいています。

ときおり、鳥の鳴き声が、いたずらっ子の指先のように、水面にふれていきます。

水はキラキラ光り、太陽だけが、わすれさられた夢のように、ねむたげな光を川面に投げかけていました。おわり」

これで終わりなんかい！

「なんか、よくわかんないんだけど。楓たちを見てごらんよ。やっつけるどころか、ねちゃってるし」

「あまりにもくだらなかったからね」

最後まで聞いていたのも、ぼくたち二人だけだった。

すると、妖怪・へっぴりは、ぼくたちを見てにんまりと笑った。

「どうでポコ。足腰立たなくしてやったでポコ！」

たしかにそうとも言えなくはないが。

「ちょっと、こんなんじゃ、こらしめたうちに入らないわよ」

桃子が不満たっぷりにつめよる。

と、そのとき、校舎から先生が走ってきた。

「おーい、きみはだれだ？　何年生？」

とたんに、へっぴりが、走り出した。

速い！

あっというまに、校舎の角を曲がった。でも、その先は行き止まりだよ。

教えてあげたかったけど、先生たちも、すぐあとをおいかけ、校舎の角を
曲がった。

しかし、すぐに首をかしげながら、先生たちだけもどってきた。

「里快、さっきのやつ、だれだったんだ？」

「さあ、知らない、っていうか、どこにもいないんですか？」

「消えちゃったんだよ。行き止まりのはずなのに」

「それよりこの二人、魔法にかかったみたいに、ねむってるんですけど」

颯と稀人を指さした。

先生たちが二人をおこそうとしたけど、まったくおきない。しかたなく、かついで校舎へむかった。

「へっぴりは、ぶじに逃げたようね。でも、わたしは逃がさないから」

なぞめいた言葉を残して、桃子がにしゃりと笑った。

桃子が、うちにおしかけてきたのは、その日の夕方、ぶじに家に帰っていた妖怪・へっぴりと、将棋をはじめようとしたときだった。

ぼくにというより、桃子はへっぴりに話があった。

「ちょっと、そこどいてよ」

ぼくをおしのけて、へっぴりの正面に陣取る。そして、へっぴりにむかって、あごをつきだすように言った。

「ねえ、へっぴり。今日の、あれって、なに？」

「読み聞かせに、少し変化をつけてみたでポコ。平和にねむらせる、〝みんなよい子の術〟でポコ。うまくいったでポコ」

「うまくいった？　へえ、あれが術なんだ」

「そうでポコ」

「しょぼすぎ！　二人とも、夕方には目がさめて、スッキリして帰っていったけど。あんなの、こらしめたうちに入らないよ」

「平和な気持ちになることこそが、争いごとをなくすのには、いちばんでポコ。どちらかが勝ったとしても、争いは、なくならないでポコ。それにおいらは、里快がなっとくしてくれたら、それでいいでポコ」

「わたしがなっとくできないって、言ってるの！」

桃子がドンとテーブルをたたく。

へっぴりが、こまったようにぼくを見た。

ぼくは、楓たちがおとなしく、それこそ今日みたいに、ねむっていてくれたらいい。

なのに桃子は、まだ話を終わらせない。

「ねえ、へっぴり。ほかにどういう妖術が使えるの？」

「ほかにと言われると……人を鳥や魚に変えたり、おなかを痛くさせたりできるでポコ」

「じゃあ、どうしてそういうのを使わなかったの？」

「それは、そこまでしなきゃいけないのかなって、なやんだからでポコ」

「ぼくなら、もういいよ」

へっぴりがなやまなくてすむように、ぼくは言った。

なのに桃子は引っこまない。

「ほかになにか、使える術はないの？」

「あとは、入れかわりの術でポコ」

「入れかわるって、だれとだれが入れかわるの？」

「たとえば、里快くんと桃子ちゃんとか、おいらと里快くんとかでポコ」

「ん？　じゃあ、わたしと、へっぴりは？」

「できるでポコ」

「それやって！」

桃子のひとみがキラキラかがやいている。

さすがにそれはよくないと思う。

「そんなことしちゃだめだって、桃子」

止めたけど、むだだった。

ぼくの声なんて聞こえない。

「どうすればいいの？」

「それは、おたがいの人さし指をひたいにくっつけあって、じゅもんをとなえるでポコ」

「どういうじゅもん？　わたしね、こんなあまっちょろい世界はきらいなの。悪いことをした人間は、バツを受けるべきよ。だから入れかわりたいの」

へっぴりが、どう思っているかわからなかったけど、止めるつもりはないみたいだ。入れかわったあとのことを説明しはじめた。

「でも、もし入れかわったあとで、もとにもどりたくても、もどれないでポコよ」

「いいよ！」

桃子の声が明るい。

そのせいか、へっぴりも軽く答えた。

「それじゃ、やってみるでポコ」と。

こわいけど、ぼくにはどうしようもなかった。
妖怪・へっぴりと、桃子の顔が近づく。
おたがいのひたいに、人さし指をあてる。妖怪・へっぴりが、大きな声で、
じゅもんをとなえはじめた。

「闇の神様、太陽の神様、
この指先に光をともしたまえ。
火の神様、土の神様、水の神様、
この指先にやどりたまえ。
そうして、おいらと、この女の子の気玉を入れかえたまえ。
かえるポコポコ、みポコポコ。
あわせてポコポコ、むポコポコ」

とたんに、ビリビリッと電気にでも打たれたように、桃子の体がけいれんした。

白目をむいて、バタンと横にたおれる。

こわくなって、桃子の体をゆりおこした。

「桃子、ねえ桃子、しっかりして」

目をとじていた桃子が、ゆっくりと目をあける。われに返ったみたい。

「あ、里快くん。うまくいったみたいで、ポコ」

えっ、ポコ!?

桃子の体に、桃子の声。でも、話し方は、マナー妖怪・へっぴりだ。

まさか……。

「……ほんとうに入れかわっちゃったの？」

「そうで、ポコ」

妖怪・へっぴりを見ると、こちらは満足そうにほほえんでいた。

「じゃあきみは、桃子なの？」

タヌキ顔に聞く。

「そうよ。リニューアルした、マナー妖怪・へっぴりよ。どうぞよろしく」

声はへっぴりのままだけど、しゃべり方は、桃子だった。

そして、妖怪・へっぴりになった桃子は、しきりに術をかけるじゅもんを、へっぴりに聞いていた。

しばらくして、

「もうそろそろ、家に帰ったほうがいいんじゃない？」

へっぴりの中の桃子が言った。

「それもそうでポコ」

桃子の中のへっぴりが、答えて立ち上がった。

そして帰っていったあとに残(のこ)ったのは、そう、見た目はタヌキだけど、中(なか)身(み)は桃子(ももこ)。

桃子(ももこ)は、ずっとぼくの部屋(へや)にいることになった。

「本当に、これでよかったの？　桃子(ももこ)」

「いいに決(き)まってるわよ」

「桃子(ももこ)が、いいって言うなら、これ以上(いじょう)、ぼくはなにも言わないけど。でも、ほんとうに、こうかいしてない？」

「じゃあ、聞くけど、里快(りかい)はどうなの？　今の自分に、まったくこうかいしていないの？　いつもいじめられてばっかりで、それでいいの？」

「それとこれとは……」

「生まれてきた以上(いじょう)、前をむいて生きるのみだよ。自分が生きたいように生きる。そのためには、わたしは手段(しゅだん)は選(えら)ばない。里快(りかい)たちを見てると、イライラするんだよね。なぐりあいもできないくせに、おれのほうが上だぜみたいな、口げんかばっかしてんの」

「ぼくは上とか下とか、そんなの考えてないよ」

「考えてなくても、ふりかかってきた火の粉は、自分でふりはらわなきゃ、自分がもえちゃうよ」

桃子のことはきらいじゃないけど、どこかで考えかたが、大きく食いちがっている。

生きるっていったい、なんなのだろう。自分だけが生きたいように生きるなんて、ぼくにはできそうにない。

つぎの朝、目をさますと、妖怪・へっぴりのすがたになった桃子は、家の中にいなかった。

どこへ行ったんだろう。

桃子のことを、これ以上心配しても、どうしようもないけど。

学校へは、桃子のすがたをした妖怪・へっぴりが、登校してきた。

妖怪・へっぴりは、意外にも、勉強はよくできたし、にこにことうまく桃子になりきっていた。

あまりに楽しそうにしているから、もしかしてはじめから、桃子と入れかわるつもりだったのかもしれない、なんて思ってしまった。


一週間がすぎた。

「今日も学校が終わったら、将棋をするポコね」

朝から桃子にさそわれた。

まだへんなところに、ポコが入るけど、ほかの女の子たちがそれをまねして、クラスではちょっとしたブームになってる。

ちらっと見ると、颯と稀人に元気がなかった。どうしたんだろう？

「だいじょうぶだよ」とか、まわりで友だちが、二人をはげましていた。

「なにがあったの？」

ぼくはそばにいたクラスメイトに、そっと聞いた。

「里快、ニュース見てなかったのか。颯のお父さんが経営している会社が、倒産したんだって。いっぱい、借金かかえて」

「そうなの！」

「今まで住んでた大きい家にも住めなくて、アパートにかくれてるんだって」

なんか、すごいことになってる。

「稀人の父親なんか、会社の金をこっそりぬすんで、逃げまわってるし。おまえら、妖怪にでもたたられてるんじゃねえのか」

そんなふうに言われても、二人はおこる元気もなさそうだ。

そしてさらに、みょうなことがおきた。

「たいへん、たいへん。先生が、警察につかまっちゃった」

クラス一の、情報通が、声をあげて教室に飛びこんできた。

「なんで？」

「お酒を飲んで、車を運転して、人をはねて逃げたんだって。もう人生終わったね」

ぼくは、中身がへっぴりの桃子を見ていた。

「これってもしかして……」

「さあ、どうでポコ。ただひとつ言えるのは、桃子ちゃんには、あの仕事が、合ってたってポコかもね」

それからというもの、妖怪・へっぴりになった桃子は、もう二度とぼくの前にすがたをあらわさなかった。

　それは桃子にとって、ほんとうによかったのかどうか、ぼくが一生考えたところで、答えは出ないのだろう。

　でもひとつだけ、かんしゃしている。

　桃子のおかげで、毎日のように、将棋をする友だちができた。そしてこれこそぼくが、いちばん、願っていたことだったんだ。


　今日も海はおだやかで、しずかな夕暮れをむかえていた。

　水ぎわ近くでは、色とりどりの前かけをしたタヌキたちがたわむれていた。

　砂浜の真ん中には、おじぞうさんが、ぽつんと立っていた。

　紫色の前かけをしたタヌキが一匹、熱心に、おじぞうさんから、なにやら教えてもらっていた。

「おい、へっぴり。ずいぶんと、変(か)わったでやんスな。これからは、たよりにするでやんス」

「こらしめじぞう様(さま)。ありがとうございますで、ポコ。それにしても、人間はどうして、自分を苦(くる)しめているものにまで、やさしくするのでしょうか。ふしぎでポコ」

「どうして、そう思うでやんスか？」

「せっかくやっつけてあげると言っても、もういいとか言って、えんりょするでポコ」

「だからこそ、そういうふとどきなやつらを、おいらたちが、こらしめてやるでやんス。地球(ちきゅう)の平和(へいわ)を守(まも)るため。

ほら、またどこかからか、ふらちなにおいが、ただよってきたでやんス」

著者 **村上しいこ**〈むらかみ しいこ〉

三重県出身。児童文学作家。
『かめきちのおまかせ自由研究』（岩崎書店）で
第37回日本児童文学者協会新人賞、
『うたうとは小さないのちひろいあげ』（講談社）で
第53回野間児童文芸賞、『なりたいわたし』（フレーベル館）で
第70回産経児童文化出版賞ニッポン放送賞など、受賞作品多数。
日本児童文学者協会会員。そのほか、松阪市ブランド大使、
ＮＰＯ法人《子どもの自立を支援する会・くれよん》顧問、
《手話サークル『ひまわり』》代表など多方面で活躍中。

絵 **軽部武宏**〈かるべ たけひろ〉

東京都出身。画家。
第２回岡本太郎記念現代芸術大賞展出品。
主な絵本の作品に『ちょうつがいきいきい』
（加門七海・作、東雅夫・編／岩崎書店）、
『大接近！妖怪図鑑』『大出現！精霊図鑑』（あかね書房）、
『ながぐつボッチャ～ン』（ＷＡＶＥ出版）、
『ひみつだからね』（偕成社）ほか多数。
『のっぺらぼう』（杉山亮・作／ポプラ社）で第16回日本絵本賞及び読者賞、
『ばけバケツ』（小峰書店）で第23回日本絵本賞を受賞。

こらしめじぞう2

ふらちなにおいかぎつけます

二〇二四年六月四日　初版発行

著者　村上しいこ
絵　軽部武宏
発行者　吉川廣通
発行所　株式会社静山社
〒一〇二－〇〇七三　東京都千代田区九段北一－一五－一五
電話　〇三－五二一〇－七二二一
印刷・製本　中央精版印刷株式会社
編集　木内早季

ISBN 978-4-86389-848-6

トイレ野ようこさん

仙田 学 作
田中六大 絵

おバカで天然のサブロー君とおてんばなツッコミ担当みんとちゃん。でこぼこコンビが、忘れ物を取りに忍びこんだ夜の学校で、伝説の妖怪と大あばれ！ 「三枚のお札」などの昔話を礎に関西弁でテンポよく展開する痛快コメディー。

こらしめじぞう ふらちなやつ引きうけます

村上しいこ 作
軽部武宏 絵

人の失敗を笑うやつ、話を横どりするやつ、逆ギレするやつ…。そんな友だち同士のマナーを守れない相手の名前をとなえると、代わりにこらしめてくれるというおじぞうさんとタヌキたち。どんなこらしめが待っているんだろう…。

どろぼう猫と
イガイガのあれ

小手鞠るい 作
早川世詩男 絵

絵本の中から飛び出した、怪盗猫ライアンが、小学４年生のすずらんからあるものをぬすんだ！　それは、大きらいなものを見てイガイガ、イガイガするすずらんの心。すると…。心の「こだわり」を開放する、新シリーズ第１巻。

全国小学生
おばけ手帖
とぼけた幽霊編

田辺青蛙 原案
岩田すず 作・絵

全国の小学生から聞き集めた本当にあったこわい話を厳選し、33話を収録。全ページイラスト入りなので、面白くて怖い体験談が、漫画のように楽しく読める構成。自分もこんな経験したことがある！とだれかに話したくなる一冊。

直紀とふしぎな庭

山下みゆき 作
もなか 絵

おじさんが借りた古い家には、ふしぎなものが集まる庭があった。直紀はふしぎなものたちとのハプニングを乗りこえながら成長していく。でもこの庭にはまだ秘密がありそうで…。朝日小学生新聞連載の人気作品が待望の書籍化！

ケモノたちがはしる道

黒川裕子 作

今どきの都会っ子で中１女子の千里。ある日、母に勧められ、戸惑いつつも意を決し、一人で熊本の祖父のもとへ向かう。雄大な山とあたたかい人々にふれ、わな猟を体験するうちに、千里の中で〈命〉への思いが熱くゆらいでいく。

インサイド
この壁の向こうへ

佐藤まどか 作
スカイエマ 絵

階級格差が進んだ都市国家キトーで、上流階級に都合のよい子どもに改良し、飼い慣らされるために施設に集められた6人の問題児たち。俺たちは一体、だれの思惑で集められた？　「チャンス」という言葉に隠された実験がはじまる。

誰も知らない小さな魔法

大庭賢哉　作

「引越し先と昔の部屋がつながっちゃった!?」「コビトの声がきこえる!?」―日常の中のちょっぴり不思議な出来事。もしかしたら魔法使いがこっそりかける小さな魔法のおかげかも。漫画と小説がひとつになった短編集。

十年屋シリーズ

十年屋
時の魔法はいかがでしょう？

廣嶋玲子 作
佐竹美保 絵

他人から見たらガラクタでも、自分にとっては絶対になくしたくない、捨てられない。そんな大切な物を、十年間、魔法で預かってくれる不思議なお店「十年屋」。魔法使いと執事猫のカラシのもとに、今日はどんなお客さんがやってくるでしょう？（以下続刊）

十年屋と魔法街の住人たち1

作り直し屋

廣嶋玲子 作
佐竹美保 絵

十年屋の（ちょっと苦手だけど）大事な友人で商売仲間のツルさんは、かわいいものが大好きな、元気いっぱいのおばあさん魔女。いらなくなったものを、魔法ですてきなものに生まれ変わらせるツルさんのお店は、今日も大繁盛です。